THE LOVE INSIDE TERROR

DREAD AND HEAL

SUMEET KUMAR

ISBN 979-888555669-9

Sumeet Kumar

Sumeet Kumar , A adult who experinences many phases of love in his life , get broked many times , stands up everytime and keep moving to the next phases of life. In reality he is a writer as well as singer (as a hobby). Very exciting and interesting fact about him is that he is author of new era i.e. he starts his journey of writing at the age when he was going to school to get the study. His some famous works i.e. Maturity Of Love (Genre :- Stages Of Love) , Privacy For Dream (Genre : - Middle Class Family Life Style), Army Squad Of Love (Genre :- The Seperation Of Army Love), 5 Days Of Love (Genre : - Affection and Love) , The Endearment Of Love (Genre :- Historical Era of Love) , Social Destruction Indo Pak (Genre :- The Story Of The Love At The Time of Division of India and Pakistan) , Middle Class Soul (Genre :- The Dreams of Middle Class) and Many More are available on the Official Sites of **Amazon, Flipkart, NotionPress and Google.** You can buy the books from there.

Contents

Acknowledgements   *vii*

1. Belive In Fake Sympathy   1

2. Met With Destruction   10

3. The Rival   19

Acknowledgements

Aman Kumar

Special Thanks to **Aman Kumar** who worked so hard in the preparation of this book. He has continually put with my passive voice , omission of words and late night calls. You have been wonderful. Thanks to him for his precious time and reviewing proposals , individual chapters and Early Drafts , along with his suggestions on the applicability of the material to the world.

I

BELIVE IN FAKE SYMPATHY

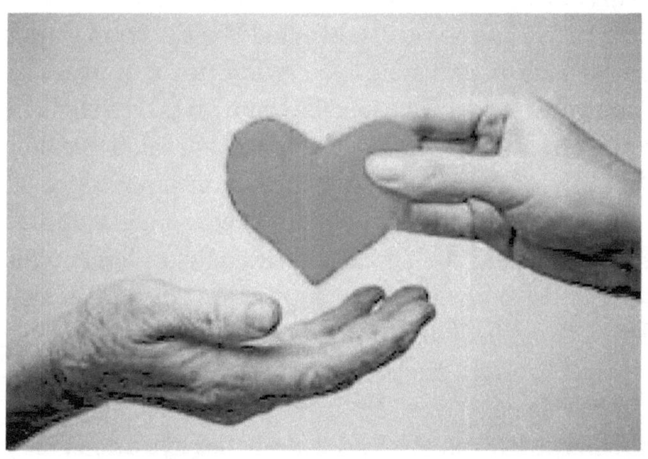

Bharosha zindagi mein vo aayan hai jiski surat kabhi
saaf nahi hoti hai ,agar galti seh ho bhi jaye toh uski fidrat
kabhi saaf nahi hoti ,ye vo saksh hai jiski khawisha ham

tab karte hai jab ham kishi ki mohabatt mein ho yeh dosti mein ,yeh apne parivaar ke bandhan mein ,waqt ke sath toh apni khushiyan bhi hame muh morr leti hai toh ish duniya mein insaan toh matr ek zariya hai apko ush dard ka aehsaas dilane ke liye , agar ish duniya mein kishi seh mohabatt hui hai toh iska matlab ye toh nahi ki aap apni purri zindagi ush saksh ke naam kar do aur apan sab kuch chhod kar bash uski khushi ke peeche lag jayo ,kyunki agar ush saksh ko bhi aapse utni hee mohabaat hogi toh vo apko aisha kabhi nahi karne dega ,balki vo apko aur khud seh durr rakhega ki kahi meri wajah seh meri mohabatt ko taqleef na ho ,zindagi bhar ke liye sath nibhana aur juthe vaade karna ,mein tumhare bina jee nahi sakti aur mein tumhare bina nahi reh sakta ye baateion aur ye kasme bahut pehle kiye jaate thhe ,vo sadiyan bhi chali gayi aur vo insaan bhi jo ye baateion kiya karte thhe ,aaj kal log ek dusre ke liye kasme vaade khate hai ki mein tumhare jaane ke baad ish duniya mein kya karungi ,mein tumhare ish duniye mein kishi aur ki kabhi nahi ho sakti ,yeh mein tumahre bina ish duniya mein jee nahi sakta ? ye sab baatein aaj tak mujhe samaj mein nahi aati ki aajkal ki mohabaate mein ye baatein hoti hee kyun hai jab log aashani seh apni zindagi mein aage badh jate hai aur dusre ko uski jagah khed dete hai ,agar kabhi bhi zindagi mein khud ko aage badhane ki cahat hai toh aap kabhi kishi aur saksh ko apni zindagi ka hissa matt banao kyunki uparvale ne log kaffi chunn kar diya hai vo bhi rishte nibhane ke liye toh khud ko taqleefe hee kyun dena ? kishi aur ke liye juthe vaade aur kasme hee kyun nibhana jab vo saksh aapko aasahni seh mill hee sakta hai ,mohabatt ki khawish hamesha kismat seh judi hoti hai na ki apki khawish se aur baateion seh ,kyunki ish duniya mein jitne berojgar nahi hai ki utne dil tutte aashiq pare hai ,har ek mehfil mein koi na koi devdas aur paro yeh chandramukhi apko dikhe gii hee ,pata nahi log mohabatt kar kaiseh lete hai vo bhi ek aishe saksh seh jsse na toh kabhi mile hai ,na hee kabhi iske pehle ush saksh seh baateion ki hai aur na hee ek dusre se kabhi asliyat mein waqif ho sake hai ? per agar mohabatt apno seh hee hone hoti toh zindagi mein dard naam ki khubusrat tasveer jo hamari barbadi bankar samne aati hai ham usse kabhi waqif ho nahi paate ,na hee usse do pal ki mulaqat na hee ko sikba hota hai bhari mehfil mein apne aasyun ko gavane ka ,aur nee kabhi kishi ko ham apni nafrat ki wajah mante .

"

**NA HEE
KISHI
SAFAR KA
MUSHAFIR HUN
NA HEE
KOI BANJARA
MEIN
BASH KHUD
KI RAAHE
CHUNTA
HUN
AUR
BANN JATA
HUN
EK SAHARA
MEIN .**"

duniya mein baateino jitni seedhi hoti hai halat utne hee khrab aur najuk hote hai vo bhi ek kaanch ki tarah jo ek chhote seh dabab seh bhi tutt jaate hai ,matlab ish duniya aaj insaan ne itni farogh hassil kar li hai ko vo ush dil seh bhi badi aashani seh khel jaate hai jisne unhe jinda rakha hai ,unki ruhh ko majboot banaya raha vo bhi apne mehfooz mein ,vigyaan ka toh pata nahi per asliyat mein kahu toh dil ki fidrat kishi ke liye kab badal jaye ye kishi ko pata nahi , mein pehle bhi ye baateion kayi kar keh chuka hun kahi baar dekh chuka hai aishe halato ko per harr baar ki fidrat ek saksh ki vhi hai ,kyunki vo kehte hai na .

"

WAQT HALAT
SAB BADAL
CHUKE HAI
PER USH
BEWAFA
KI
FIDRAT AAB
BHI VHI HAI "

agar koi saksh apse durr jane ki koshish karta hai toh iska matlab ye nahi ki vo apke bhale ke liye ye sab kar raha hai ,iska saaf matlab ye hai ki aab vo apke sath rehna nahi cahta aur khud ko taqleef nahi dena cahta ,kyunki aab uski shiddat ,tamana aapse purri ho chuki hai ,kehte hai na insaan ki fidrat hoti hai kishi cheez ko istmaal kar ke phek dena bilkul kachare ki tarah ,toh phir kishi ki do pal ki mohabaat dekh kar zindagi bhar ka bharosha kaiseh kar sakte ho ?

ho sakta hai ki mein galat ho sakta hun yeh meri baateion bhi kaffi hadd tak galat ho sakti hai per meri fidrat aaj bhi ushi sachai ko aap sab ke samne dikhtai hai jo maine apne ateet mein jhela hai ..sachai kishi ki mohtaaz nahi hai isse toh har ke saksh waif hai ish duniya mein na hee ye kishi ki mulazim hai chaand paisho ki wajah seh apne imaan ki dorr kishi aur ko de,agar zindagi mein kishi ke sahare ki vyasanee lag jaye toh kabhi hamse durr nahi hoti ,kyunki aadat bhi ek aishe cheez hai jo barbaadi ke behad kareeb hai , waqt ki tarh bharosha bhi ushi gali ki pechaan hai jaha log ek dusre ki fidra seh mohabatt kar baith thhe hai ek dusre ko apni har ek aadat sikha jaate ahi aur jab vo ham seh durr chale jate hai toh unki yaadeion hame ek bechain hamdam ki tarah har roj ek naye dard ki rahh dikhati hai ,pehle ki mohabaat aur aaj ki mohabatt mein itna aantar jitna ki newton aur herodotus ki baatein ho ,dono ke dusre seh kaffi alag ,per dono ki soch duniya ki jehan aaj bhi jinda hai ,ham aaj bhi unki baatein karte hai ,aur aaj bhi kahi na ye baatein kishi aur samjahte bhi hai .

ish duniya mein koi bhi saksh apni pehli mohabatt kabhi nahi bhulta ,per samaj ki baatein koshish bahut karti hai ek saksh seh uski pehli mohabatt ki har ek yaadeion ko usse dur lekar jane ke liye ,kyunki jeete ji toh unke taane ush saksh jinda rehne nahi degi ishlye ushe marg ki riwayat hee saup dii jati hai .
har ek saksh yeha khamosha hai ,har ke saksh ke paas ek alag hee tareeqe ki tanhaiye chupi hai ,aur vo har din kishi na kishi halat seh ladta hee hai ,per jab ushi waqt kishi ko ek sahare ki kiran bhi dikhti hai toh ushe vo purri nagri lagti hai vo bhi ek savere ki ,zindagi mein hame kabhi bhi kishi saksh ki zarrorat nahi hoti balki uski jagah ek aishe insaan ki sachai chaiye jisper ham bharosha kar sake apni baatein ushe bata sake ,apne halat uske samne vo bhi bina kishi soche keh sake ,raste toh kayi milite hai ek manjil ke kareeb jane ke liye per iska matlab ye toh nahi

ki ham har ek raste ke mushafir bann jaye kyunki jism toh ke hee na toh phir manjil ki soch ush waqt do kasieh ho sakti hai ,vigyaan aur mohabaat aajkal dono ek hee cheeze hai agar sahi tarreqe seh agar ham ish dekhe toh kyunki iski bhi sab se alag hoti hai aur mohabatt ki soch bhi sabse alag hee hai .

mein jish saksh ki kahani aaj sab ko batane vala hun vo ek aam insaan hai ,aur uski zindagi bhi bilkul ek aam hee insaan ki tarah hee beet bhi rahi hai ,per jo usne khoya hai sayad kishi ne khoya hai ,kyunki mein har ek insaan ke dard seh toh waqif nahi hu ,per ha itna zarror janta hun ki jishe aap apna sab kuch mante ho agar vo saksh apko kishi aur ke liye chhod kar chala jaye toh jeene ki fidrat bhi har waqt maut ka aehsaas dilati hai ,aur ush waqt insaan ki fidrat bilkul ush khokle dimaag ki tarah ho jati hai jishe koi bhi dubara istamaal nahi kar sakta apni zindagi mein,halat kabhi bhi ek saksh ki majboori nahi bata sakte kyunki iske peeche toh waqt hai jisne hamari zindagi do tarfa khushi barbadi ki jaishi banayi hai ,kyunki agar aap kishi ko apni khushi mante hai toh vo apko tab bhi dard ,per agar aap ushe apne dard ki wajah mante hai kuch waqt ke liye ,ush waqt bhi vo utna hee dard dega .

jab mehfil khamosh ho na toh dil lagane ki galti kabhi nahi karni chaiye varna uski shddat mein uski tanhaiye mein aap kabhi bhi barbaad ho sakte ho ,khud ko kho sakte ho uski har ek deewaro mein mahroom ho jayoge kab ye pata hee nahi chalega ,bash bachegi toh kuch rakh vo bhi samsaan jishe apno ne hee jalaya hoga ,kaun kehta hai mein zindagi mein har ek insaan ka dard dusre insaan ki tarah nahi hota ,jab insaan ek hai baghvaan ek hai ,khuda ek hai toh dard do tarah ke kaiseh ho sakte hai ,mulajim ye kabhi baateion sach hee nahi ho sakti ki ek hee kaum mein

rehkar dard ki talim do hisse mein baat di jaye .
ham jab kishi insaan ko apni aadat banate ahi toh ham
ek cheez seh akbhi waqif nahi hote ,aur vo ye hai ki hame
paat nahi rehta ki ush waqt ki hamne jishe chuna hai vo
bhi har ek khushi aur dard ki wajah batane ke liye ,apni
khamosh baahon ki fidrat samjahne ke liye vo kya kishi
aur haathon mein mehfooz rahegi ,kya koi aur meri tarah
ish duniya mein bann payega ,kya koi meri tarah ush dard
ko jhel payega ,kya mein kabhi uski khushi apne hisse
mein mahasoosh kar payunga ?
lamher ,baateion ,yeh tak ki tabussam ki raateion sab
mitt jati ek mohabatt paane ke liye ham ish kadar
bikharne lagta hai ki hamari soch bhi ush waqt kishi pagal
paan ki pechaan bann jati hai ,mauka milta hee nahi khud
ko sambhalne ka ,fidar dhoka de chuki hoti hai ush waqt
bilkul ek mashuka ki tarah ,agr zindagi kishi ke baare
mein soch kar hee nikalni hai toh jeene ki shiddat ko ush
saksh kab mrt savita kar dena chaiye ,kyunki bhari mehfil
mein log milte hai dard baatne vale mushafir nahi .

"

AAJ
ITNA MAHROOM
KAR DIYA
HAI TUMHARI
YAADEION
NE
KI DO
PAL
KI
KHUSHI BHI
AAB
MARG KI

YAAD
DILATI HAI."

kaffi chhoti kahani hai per ish kahani ki har ek sachai itni lambi hai jishe jaane ke liye logge ko insaniyat bhulani paregi ,apni fidrat badalni paregi ,durr jana hoga khud seh ,khud ki baahone se ek nafrat ki guzarish karni hogi ,ish kadar khud ke wajood ko dhundna hoga ki kabhi vo aapse durr gayi hee na ho ,bash apke kareeb aap hee pass simat kar reh jaye ,jab insaan ki maut hoti hai aur ushi waqt jab uske sarrer ko samsaan ki aga rakh kar deti hai ,toh ush waqt maut ek saksh hee nahi hoti balki uski yaadeion ,uski fidrat ,sachai ,bewafai ,rehmat ,shiddat innayat aur bhi kayi hai jinki maut ush ek insaan ke sath hoti hai ,aur sab ko yehi lagta hai ki ek rishta hee toh tutta hai ush saksh seh jisse ham kabhi mile the ,uski yaadeion hee toh gayi hamse durr ,aur tha hee kya ,lamhe bhale apni khairat bhul jaate hai jeene ki per insaan ki yaadeion hamesha unhe yaad rakhti hai ,bilkul ek sachai ki tarah .

jab ek saksh kishi rishte ko nibha nahi sakta toh banata hee kyun hai ,kya majboori hoti hai ki ush sab kuch ek dikhava lagta hai ,ish duniya har din rsihte bante bhi hai aur tutte thhe bhi hai aur kuch adhure bhi reh jaaate hai per rishte bann kar bigar bhi jaate hai ,toh kya fyada aishe rishte ka ,kya fyda ush mohabatt ka ush irade ka jo hame kishi aur ki baahone seh jodd kar rakhti hai ,maine apne har ek hisse mein sayad pyar ki baateion kuch zyada hee ki hai per mujsh isse kabhi taqleef nahi hoti ,kyunki kehte hai apne dard ko aapn jitna jaan lo utna hee apke liye bhi behtar haia ur jo apke sath unke liye bhi bhetar hai ,kyunki inki cahat kishi ek saksh ko tabah nahi karti balki jo usse jode hai vo unhe bhi tabah kar deti hai .

"

**AAB
DUBARA
MATT PUCHNA
KI TUMHARI
HAMARI MEHFIL
MEIN
AAKAR HAM
LAU KYUN
GAYE?
KYUNKI SAVAL
TOH AAJ
BHI YEHI HAI
KI HAMNE
TUMAHRI MEHFIL
KADAM HEE KYUN
RAKHA
JAHA PEHLE SE
HEE DARD KI
DEEWARE HAMARA
INTEZAAR
KAR RAHI THI .**

"

II

MET WITH DESTRUCTION

waqt ki aadalat seh jurm kaboool ho cahe na ho per
jurm ki fidrat har koi karta hai ,zindagi jab koi nayi moor
le na toh iska matlab ye nahi hota ki vo apko behtar

bhavishy dikhayegi ,yeh behatar kal dikhayegi ,kyunki jaha achai hoti hai vhia burai bhi barabaar ki hissedaar hoti hai ,jurm kabhi bhi koi ek saksh nahi karta balki purri kaum aur ush kaum ko ham kismat kehte hai .

aur meri kismat ush din purri tarah seh barbaad ho chuki thi jish din mein pehli baar usse mila tha ,maine pehle hee bataya ki mujhe kitabe padhne ki aadat thi,ishliye jish din mein HIDEOUT CAFE gaya tha ush din mein ruskin bond ki novel bhi lekar gaya tha ,per kayi der baad ush saksh ka intezaar karte karte mein yeh bhul chuka tha ki maine vo book ushi hideout cafe mein hee chhod dii thi ,vo bhi kayi der uska intezaar karne ke baad jab mein vha seh chala gya tha ,kehte hai kuch haadse aishe bhi hote jinhe ham kabhi bhulna hee nahi cahte aur agar galti seh bhulna bhi cahte hai toh ham ush kabhi bhul nahi paate ,meri aur poorna ki yaadeion bhi kuch aishi hee thi vo bhi ek haadse ki tarah ,ush din khamosh toh tha kyunki umeed kuch dikh hee nahi rahi thi ushe paane ki per mujhe kya pata ki jab mein apni umeed har jayunga ,tab meri kismat ush dubare mere kadmo mein lakar rakh degi .

aishi baat nahi thi ki ush waqt vo mujhe nahi dekh rahi thi ,usne bhi mujhe utna hee dekha jitna maine ush ush waqt dekha tha ,per usne ush waqt kuch jahir nahi kiya per maine toh sare aam bhari mehfil mein apni aankheion seh ye keh diya tha ki aab bash bhi kari aur nahi raha jata tumhare bina ,tum hee vo ladki jiske sath mein purri zindagi bitana cahta hun ,per ush waqt ye saari baateion ek kalpana hee thi ,per vo kehte agar aap kishi ko purri shiddat se caho toh ush saksh ko bhi ye khabar ho hee jati hai koi hai jo mujhe sabse behtar janta hai ,mujseh mohabatt karta ,mujhe irtna cahta hai ki vo apni purri duniya mere liye chhod sakta hai ,sayad chhod bhi deta agar mohabatt sacchi hoti ,jish saksh ne fareb mein apna sab kuch luta diya toh vo saksh apni sachhi mohabatt ke liye kya nahi karta ?

ush din jab maine galti seh apni itabe vha chhod di thi ,tab vha poorna ush waqt maujood thi ,usne mujhe jate hue dekha tha ,per vo sayd ush bwaqt kishi ka intezaar kar rahi thi ishlye usne ush waqt mujseh kuch bhi nahi kaha ,aur jab mein cafe seh apne ghar aa gaya tab mujhe aehsaas hua ki maine toh apni kitabe vha chhod di hai .ishlye mein jaldi se vha vapas ja hee raha tha ki utne hee waqt mein poorna mere ghar hee gayi ,matlab mere ghar ke dvaar per ,pehle thhe ush waqt mein soch mein per gaya ki ye hua kya hai ? kya ho raha hai ?vo ish kadar mere ghar kyun aayi hai ? kahi usne dekh toh nahi liya ? aur agar dekh bhi liya toh ushe mere ghar ka pata kaise chala ,vo yeha kaishe aa gayi jab vo mujhe janti hee nahi hai ,kahi ushe shak toh nahi ho gaya ki mein ush cafe mein dekh rha tha vo bhi bahur der tak ,per agar dekh rha tha toh iske liye toh vo mere ghar nahi aayegi ?aur isme jurm hee kya hai jo vo mere ghar aayi hui hai.
per sach kahu bharosha ho hee nahi raha tha ,kyunki jsih ko mein apni zindagi maan chuka tha kuch pal ke liye vo mere aankheion ke samne thi ,aur uske sath koi aur tha bhi nahi ,matlab pehli baar baghvaan ne mujhper aishi kripya kar di thi ki mein toh unhe saath janmo ke liye bhi nahi bhulna cahta tha ,saval toh kayi thhe ush din per khush bhi itna tha ki mein ushe bash dekha hee reh gaya ,dekhte hee reh gaya .

Conversation

"**POORNA** : *oh hello mister kya ye ghar harsha shekar ka hai !*

HARSHA : *abhi tak kalpana mein hee hun !*

POORNA : *oh hello ! mein aap hee seh puch rahi hun kya ye ghar harsha shekar ka hai .*

HARSHA : *ha ha ! mein hee harsha hun aap yeha kaishe ?*

POORNA :*aap mujhe jante ho ?*

HARSHA : *nahi mein toh bash ye keh rha hun ki mein hee harsah hun kya kaam hai apko mujseh !*

POORNA : *vo aapne apni kitabe chhod dii thi ,toh maine dekh liya tha ishlye mein aap ko ish dene aa gayi ,vo kehte hai na apni mohabatt aur ilm agar dusre ke haathon mein lag jaye toh vo barbadi ki wajah bann jati hai .*

HARSHA : *per apko mere naam kaishe pata ? matlab mere ghar ka pata apko kisne diya .*

POORNA : *apki kitab mein hee apke baare mein sab kuch likha hua apke baare mein .*

HARSHA : *!!!*

HARSHA : *thanku so much mujhe ye dene ke liye ye meri sabse pasandeeda kitabo mein seh ek hai.*

POORNA : *most welcome .*

HARSHA : *aap kuch lijiye ga chai yeh coffe ? apne meri itni madad ki please aap mere sath kam se kam ek coffe toh pii hee sakti hai .*

POORNA : *maff kijiyega na mein apko janti hun aur na hee aap mujhe jante ho ,aur mujhe kaffi*

late ho rha ishlye mujhe jana hoga .
HARSHA *: mein aapko chhod dun kahi !*
POORNA *: nahi meri khud ki car hai toh*
sukriya!"

kehte hai jab kishi cheez ki tamana khud se bhi zyada karo toh apke hathon mein mehfooz nahi rehti ,toh mere hathon mein meri mohabatt kaiseh mehfooz rehti ,na hee koi pata tha apni mohabatt ka na hee koi irada tha meri kismat ka ki vo mujhe phir kab milegi usse ,cahta toh ushe ush waqt rauk sakta tha ,per sayad ijjajat nahi thi ush waqt ush khuda ki phir mulaqat ho ,per kehte hai na agar mohabatt sacchi ho toh vo akhir mein aakar baad mein milti hee hai ,cahe intezaar ki ghariya kitni bhi lambi kyun na ho ,gujarish toh thi en aankheion ki vo masum sa cahra phir seh dikhe per itni jaldi dikhege yeh kabhi umeed nahi ki thi maine ,uske agle hee din ham phir mile per ish baar ,jagah al;ag thi ,mulaqat alag thi aur khushi mujhe toh bahut thi ,waiseh bata deta hun ki ham phir dubara mile kaha ,acha aap seh koi bata sakta hai ham kaha mile hoge? aap sab bhi yeh soch rahe hoge na ki hame kya pata ki tum dono kaha mile ?khair mein hee bata deta hun ham phir vhi mile jaha maine ushe pehli baar dekha tha ,matlaba hideout cafe mein hee ,mujhe pata nahi tha ki vo vha har din aati hai ,aur mujhe ek baat aur nahi pata tha ki vo ush cafe ki malik hai ,aur ye baateion mujhe tab pata chali jab uska naam kishi ne vha pukara matlab ushi cafe ke ek waiter ne .
WAITER: poorna mam apke liye kuch layun .
POORNA : nahi mein theek hun tum jayo .
WAITER : ok mam !
jab maine ush waitere seh pucha ki aap unka naam kaiseh jante ho jo ki kuch waqt pehle mujhe bhi nahi pata

tab usne mujseh kaha ki sir ye hamare cafe ki malik hai ,matlab mein jish mohalle mein roj jish saksh ka didaar karne aata tha vo gali mere hamdam ki hai ,maaf kijiyga vo thodi filmi baateion zyada hee ho gayi .

en sab ke baad mein toh ushe dekh hee raha tha per utn der mein usne bhi mujhe dekh liya ,aur usne mujhe apne pass bulaya ,ush waqt aisha mahasoosh ho rha tha ki bash yehi toh hai meri zindagi ,aur kya hee tamana karau mein ush uparvale seh sab kuch mill gaya mujhe ,aab ujhe kishi cheez ki taalash nahi hai ,mein jishe cahta vhi mujhe bula rahi ,ham ladke bade ajeeb hote hai ,kyunki hame mohabatt toh nibhani aati hai per kishi ke moh maaya seh kaishe durr rahe hame vo kabhi samaj nahi aata ,aur ladke hee kuch ladkiyan bhi aishi hee hoti .

en sab ke baad na maine kuch aage dekha na peeche bash uske pass chala gaya ,aur jab mein vha gaya toh apko pata hai usne mujseh kya kaha ?tum mujseh shaddi karoge ?

matlab iske aage meri saaseion purri tham shi gayi thi ,matlab kuch sama hee nahi aa raha tha ,agar koi khubsurat aur mehngi cheez apko itni aashani seh mii jaye toh aap bhi kuch waqt ke liye zarror sochege ki daal mein kuch na kuch toh kaala zarrora hai ,per vha sirf daal hee kali nahi mere bhavishaya bhi khatre mein tha ,ush waqt meri aawaz tak nahi nikla rahi absh meri gardan upar neeche ho rahi thi jab vo baar baar mujseh puch rahi thi ki shaddi karoge mujseh ?uske puchne ke baad mein ek aishi jaanata mein chal gaya tha jaha hamari shaddi pehli hee ho chuki thi ,mera kehne ka matlab hai mein ush waqt behosh ho chuka tha ,aur mere hosh aate hee usne bola ki tum theek ho tumhe kuch hua toh nahi ,mein tumse hee puch rahi hun tum theek ho?

Conversation

"

HARSHA : *ha mein theek hun !*
POORNA : *toh tumne kya socha hai hamari shaddi ke baare mein?*
HARSHA : *!!!!*
POORNA: *harsha kya socha hai bolo bhi!*
HARSHA : *matlab sach mein tumhe mujseh hee shaddi karni hai ,kyunki mujhe bisvaash bilku naho ho rha ki ye baateion tum mere aankheion ke samne keh rahi ho ,aur ham toh kuch waqt pehle hee mile hai ,aur ye hamari dusri mulaqat hai ,na mein toh tumahre baare mein kuch janta hun na tum mere baarein kuch janti ho! phir kasieh hogi shaddi vo bhi hamari .*

POORNA : *log jab aarange marriage karte hai toh kay vo ek dusre ko jante hai nahi na ! agar mein tumhare pyar mein na girti aur tum mujhe dekhne aate vo bhi aarange marriage ke liye toh kya tum mujseh shaddi nahi karte !*

HARSHA : *mein kya p[urri duniya iske liye tayar ho jati (kalpana mein)*
POORNA : *bolo bhi karte yeh nahi !*
HARSHA : *ha ha ! kyun nahi karta ,per mujhe apna ma papa seh baat karni hogi mein unke bina ye nahi kar sakta .*
POORNA : *thik hai .* "

matlab itni jalid kyun ? itni jaldi kaishe mill gayi vo mujeh ?
matlab ye toh waishi baat ho gayi ki raat ko muraad mangi
aur din mein chand ne taufa de diya .ha mein cahta tha ki
vo mein uske sath purri zindagi bitayun per itni jaldi nahi
socha tha ,ki vo mujhe mill bhi jayegi aur ek hee pal mein
durr bhi .

uske aagle hee din cheenai mein ek bahut bada
dhamaka hun jo ki aatankvadio ne kiya tha ,bahut masum
logge ki maut ho gayi ,kayi logg apne ghar seh baghar ho
gaye ,aur ish dhamake mein maine apne ma aur papa ko
bhi kho diya ,aur poorna ko bhi .

aisha mujhe lag raha tha per poorna mari nahi thi aur
na hee mere ma aur papa ki maut hui thi ? aur ho kya raha
hai meri zindagi mein kuch din pehle hee khushi toh mila
aur ma ke cehre per vo muskaan dekhi thi aur papa ki dher
saari baateion suni thi ,per kya vo dono sach mein aab
mere sath nahi thhe ,kyunki jab police ne deadbodies ki
pechaan ke liye bulaya toh un apno mein mere ma aur
papa nahi thhe ,mein ush waqt khud ko kasieh sambhal
raha tha mein khud nahi janta tha ,aur poorna ka phone
bhi out of reachble aa raha tha vo bhi hamari shaddi ke ek
din pehle ?

agar mere ma aur papa jinda hai toh vo hai kaha ,aur
poorna kaha hai ?bahut saare savalo ne ush waqt mere
mann ko gher rakha tha mujhe pata hee nahi tha ki mein
akhir karu kya ? apne ma aur papa ko dhundo jisne mujhe
zindagi di hai aur mujhe har ek cheez di hai ,aur mujhe
sabse zyada ish duniya mein pyaar kiya hai ,ye jante hue
bhi ki mein unka apna beta nahi hu? ye ush mohabatt ko
jiske sath mujhe meri purri zindagi bitani hai ?

"

KAYAR SEH

HO GAYE
HAI KHWAAB
MERE AAB
PEHLE
JAISHE
INME
KOI BAAT NAHI
PARWAAZ KI
UMEED
TOH KARTA
HUN
PER
UDNE
KI AAB
KOI KHAIRAT
NAHI."

III

THE RIVAL

ek waqt aata hai sabki zindagi mein jab vo khud jene ki
cahat chhod dete hai aur khd ki saaseion kishi aur ke
naam kar dete hai ,ush waqt per unhe ye bhi pata nahi
rehta ki jiske naam vo apni saaseion kar rahe hai vo uske
layak kabhi hai hee nahi ,ek ruhh seh badi kabhi bhi
insaan ke rishte nahi ho sakte ,phir bhi log khud ka hee

sath chhod kar kishi aishe ko apna jeevan sathi bana lete hai jo unke har ek dard ki talim kam karne ki wajah aur badha dete hai . rishte na toh samaj banata hai na hee unki soch seh vo kabhi badalti hai ,kyunki ye toh ek aishi shiddat hai jo insaan ki mohabatt hee hamesha bana sakti hai ,har ek saksh yeha jutha hai ,kuch log khud ki sachi seh hee bhagte hai toh kuch kishi aur ki sachai ka samna karne seh ,bhaut kam log hote hai ish duniya mein jo khud ke dard ko daba kar apni khamoshi ki baatein un chaar deewaro mein kaid kar lete hai . ushi mein ek saksh mein bhi hun jisne mohabatt ki baateion sirf kahanaiyo mein hee suni thi aur filmo mein hee dekhi thi ,per kabhi asliyat mein ish feeling ko maine mahasoosh nahi kya tha ,har ek fil aajkal ek hee kahani hoti hai ki do anjaan saksh kishi anjaan raaho per milte hai phir ek dusre ko dekhar kayi raat aur din beichani mein gujarte hai aur phir baateion hoti hai ,ek dusre ko behtar se jante hai ,kayi waqt sath gujarne ke baad ek rishta banta hai ,phir ush rishte ko ham aage badhate hai aur baad mein baari aati hai mohabatt ki ,kuch mahine sath bitane ke baad phi ham ek dusre seh alag ho jate hai .

zindagi ki destinity kabhi samaj nahi aayi ishlye bachpan se agar kayi burte halat dikh jate toh mein vha se chup chap bina kishi shor ke bhaaga jata ,per muhe kya pata tha ki baad mein mujhe ishi cheez ki aadat ho jayegi ,aaj mein jo bhi bash ush ek saksh wajah se hun jiske liye maine vo sab kiya jo hamare rishte ko tuutne seh bachaye ,per kehte hai na kismat ki hava koi nahi badal sakta ,agar aap kishi ki mohabatt ko kaid akr rakhna cahte ho toh vo kabhi mumkin nahi hai ,per meri kahani mein toh kch aisha hua hee nahi hai toh mein ye baatein aap sab k samne keh hee kyun raha ,mein ishlye keh rha hun kyunki mein mohabatt ke har ek dard aur khusiyon ke mehfil se gujar chuk hun ,aur aaj akhiri waqt mein bhi mein PURNA ka intezaar kar rha hu ,waiseh ye purna hai kaun ? aap sab ke maan mein yehi saval hoga na ? per mujhe ye bhi baat pata hai ki aap ish raaj seh purri tarah waqif hai , hai na ?

agar aap sab nahi bhi hai toh mein tab bhi apni kahani aap sab ko bataye bina ish duniya seh nahi jaane vala ,kyunki waqt bhale hee kaam hai mere pass per aarzu abhi jeene ki bahut bakki hai.

mein HARSHA SHEKAR aaj jo bhi baatein aap sab ko batane vala kripya kar ke un baateion ko dhyan seh sune ,kyunki koi aur hai hee nahi jo meri baateion bhi aab yeh sun sake ,hamesha bachpan mein yehi sochta tha ki ye rishte hote kya hai ,kyun log ek dusre ke sath jude hai ,kyun log ek dusre ke liye itni mohabatt dikhate hai bilkul mere superhero aur aur wonder women ki tarah ,mera matlab hai meri ma aur mere papa seh hai ,wasieh mere papa
ka naam RAJVEER SHEKAR hai aur meri ma ka naam VASUNDRA SHEKAR ,papa hamesha ma ko kehte rehte hai ki mein tumse sirf mohabatt hee nahi karta balki apni jaan deta hun ,uska matlab ush waqt samaj nahi aata tha ,aur jab bhi ma se ye baateion puchta toh vo bash itna kehti ki jo lgg hamare bina reh nahi sakte yeh jo log hamse behad pyar karte hai aur waqt aane per hamare liye kuch bhi kar sakte hai vhi log ye baateion kehte hai ,aaj samajmein aaya ki ma asliayat mein kehna kya cahti thi ush waqt .
aaj apni maut aur zindagi ke beech apni saaseion ginn rha hun vo bhi ush saksh ki wajah seh jishe maine kabhi apna sab kuch maana tha ,apni zindagi ,apni haqqeqat ,apni aadat fidrat aur inmein seh sabse khaas mohabatt

,per pata nahi tha ki vo ish kadar mujseh ruth kar chali jayegi ki mein kabhi dubara usse mill hee nahi payunga ,aur na hee vo himmat juta payunga ushe phir se apne pass bulane ke liye ,meri maut seh ye matlab nahi hai ki mein sach mein marr chuka hun ,per jinda bhi kaha hun ?khokla per chuka hai sarrer chuka hai ,meri ruhh bhi mujseh nafrat karne lagi hai ,ush waqt ye sochta tha ki akhir mein jee kiske liye raha hun jab meri purna meri pass hai hee nahi toh ,per jab haqqeqat se ki baateion uski bewafai seh parda uthaya toh mujhe ush waqt ye mahasoosh hua ki kuch log aishe bhi hote hai duniya mein jo kishi ki mohabatt bhi ek aayna ho sakti hai vo bhi ek barbadi ka .

khair ye koi kahani nahi ek aayana hee hai meri ush barbadi ki jab mein usse pehli baar mila ,HIDEOUT CAFE mein ush din pehli baar usse mulaqat hui thi

mein apne sabdo mein jahir kar hee nahi sakta ki vo kitni khubsurat lag rahi thi ,uske baal ,uski har ek ada ,uski har ek fidrat pe ush din apni jaan lutane ka maan kar rha tha ,per vo kehta hai na aksar jismo ki mohabatt apko kishi ki barbadi ki taraf hee lekar jati hai ,meri barbadi toh ushi din tay ho chuki thi jab meri aankheion ne ush dekha tha ,agar ish duniya mohabatt kishi ke jism seh hoti na toh har roj ,har ek saksh kishi na kishi ke pyar mein zarror girta ,aur ushe koi rauk bhi nahi paata ,kyunki ushe mohabatt jo ho jati ,khair mujhe ush din pata nahi tha ki vo vha kar kya rahi hai ,per dekhne seh aisha lag raha tha ki vo kishi ka intezaar kar rahi ,jab uske chere per khamoshi dekhi tab dil ki dhadkan ushi waqt thodi ruk shi gayi thi samaj nahi aa raha tha akhir karu kya ? aisah lag raha agar galti seh bhi iski zindagi merei jagah kihsi aur ne pehle se hee le li hai toh mere kya hoga ?insaan ki fidrat hee kuch aishi hai ki vo pehle khud ki muraad puri karta aur khud ke baare mein pehle sochta hai ,toh mein bhi toh ek insaan hee tha toh mein aur ke baare mein soch kaiseh sakta tha ?bash uparvale seh ush waqt har dafa yehi maang raha tha koi aur na hai iski zindagi mein ,kyunki maine ushe apni zindagi ushi waqt maan li thi ,pehli najar ka pyaar kehte hai na sayad vo ho chuka tha ,per maine jo bhi aehsaas kiya hai uski mohabatt mein aisah kuch bhi nahi thai ki mein ushe apni pehli najar ka pyaar maan lun ,kyunki aishi koi baat nahi thi ,mujhe toh aaj tak ye baateion samaj hee nahi ki pehli najar mein agar kishi saksh seh mohabatt hoti toh uske agle hee pal barbadi kyun,rishte tutt kyun jaate hai ,bina kishi ke shaddi talak kaishe le lete hai ek dusre seh ,mein nibhayungi ,mein tumhe kabhi bhi akela nahi chhodegi ,hamesah tumhare sath tumhare dukh sukh mein sath rahugi ,ye kaun seh vaade karte hai vo hamari mohabatt mein jinka koi imaan hee nahi hai hamari zindagi mein ,manta hun ek saksh tumhe theek nahi lagta ,vo tumahre layak nahi hai ,toh chhod do na per kadar toh matt tode ki vo kabhi kishi per bharosha na kar sake .

khair agar abhi apne dard ki daastan suna di toh sayad kabhi bhi mein vo purri baateion nahi kar payun jo ush din seh hui thi ,mujhe pata tha vo kishi ka intezaar kar rahi thi ,aur meri kalpana bhi ush waqt mujhe ek tarfa haqqeqat dikha rahi thi ,mujhe ye sach mein lag rha tha ki vo kishi ki mohabatt mein hai ,kyunjish tarah ki beichani uski aankheion mein ush waqt dikh rahi thi vo tab hee dikhti hai jab kishi ki mohabatt mein khud ka wajood bhul chuke ho ,aur jab bhi koi ladka uske samne seh gujar raha tha meri dhadkan aur bhi tej ho rahi thi ,mujhe ye mahasoosh ho rha tha ki agar nahi hai toh vo pakka hoga ,agar vo bhi nahi hoga toh ye pakk hoga ,bash ush din ek kalapana mein jee raha tha jisi sachi mujhe tab tak dekhen ko nahi milti jab tak mein ush saksh ko apni aankheion seh dekh na leta .

"

**BECHAIN
THA USH
SAKSH
KO JAANE KE
LIYE JISNE
MERI BHARI
MEHFIL
KO
DARD KI
TALIM DII
HAI .**
"

mein ush din cahta kya tha mujhe khud bhi nahi pata tha ?
bash itna zarror cahta ki jo mein soch rha hun bash vo na
ho ,kyunki agar vo ho jata toh mein usse kabhi bhi ush din
ke baad mill nahi pata ,bahut waqt purna ne intezaar kiya
aur beichani bhi bilku kaam nahi ho rahai thi ,aur meri jo
kalpana thi ush waqt vo sach mein bahut pehle hee badal
chuki thi mere liye , kyunki aajkal ish duniya mein koi bhi
skash kishi ke itna intezaar nahi kar ,aur aga karta bhi hai
toh apni mohabatt mein apne hamdam ke liya ,per dusra
koi aur nahi hota unki zindagi mein.

isliye maine ush waqt kaffi der intezaar karne ke baad ye
soch liya tha ki aab yeha kuch bhi nahi ho sakta ,mein sirf
apna wazqt barbaad kar raha hun ,mujhe aab yeha seh
chalna chaiye ,per vo kehte hai na jaha raahe khatm hoti
hai manjil ush waqt ushi ke samne hoti hai ,aur meri
manjil bhi ush waqt mujhe dikh jaati agar mein thodi der

vha aur rukk jata ,per ush saksh ke aane seh pehle hee mein vha seh ja chuka tha ,aur en sab ke baad khud per aur apni kismat per afsoos kar rha tha ki akhir kyun aisha kyun hua uparvale ? ek vhi mili thi tujhe koi aur dhund dete na baghvaan.

waish maine apne baare mein kuch zyada nahi bataya hai sayad ? ishlye kuch apne baare mein bhi batana cahta hun ,mein vo saksh hu jo duniya ke har ek dard khud seh durr karke aage kaiseh badhte hai unke baare mein har kishi ko batata phirta hun ,matlab mein kishi ki bhi pareshaniyo ko sunn kar uska ilaj kar sakta hun,nahi samjhe abhi tak ,thi hai mein puri tarah seh bol hee deta hu , mein ek manochikitsaak hun peshe seh ,per apne mann ki hee baatein samaj nahi paata kyunko jo baateion mein apne mareejon ko batata hun unke baare mein khud hee nahi janta ,padhai toh purri kar li hai per dil ki fidrat ne sath nahi diya ,apne ghar ka eklauta hun ,aur meri ma aur pita jii ne mujhe bade pyaar seh pala hai ,matlab itni mohabatt di hai ki sayad mein unki ish mohabatt ko kabhi unhe lauta hee na saku ,phir uske baad kuch acche dost mil gaye aur unhone bhi itna pyar diya ki mujhe kabhi kishi cheez ki zarrorat hee nahi ,per en sab ke baad bhi ek khamoshi rehti hee thi ,har waqt kishi na kishi ka intezaar apni en aankheion seh karta hee rehta tha ,mein ek manochikitsaak hun toh iska matlab ye nahi ki mein apni feelings ko control kar sakta hun kyunki insaan toh mein bhi hun ,dil toh mere paas bhi hai ,vo emotions vo dard vo lamhe sab kuch .

per ish cheez ka kabhi aehsaas nahi hua ,per jish din mein usse mila ush din mein ye sab maan ne laga ,vigyaan mein mohabatt haarmoon ka khel mana jata hai ,vo ye kehte hai ki mohobattt ham kabhi kishi seh karte hee nahi ,vo toh hamare haarmoon hai jo hame kishi dusre saksh ki taraf akarshit karte hai ,aur ham phi unse baatein karte ,hai hame unke sath rehna accha lagne lagta hai ,phir vo itne kareeb aa jate hai ki hamare haarmoon unse kabhi durr jana here nahi cahte .

jaha dil ki baat hoti hai na vha chaar saal ki padhai bhi ek chutki badh sindur ki tarah lagti hai ,jaishi ki filmo ke kiredaar ne keh diya hai ,mujhe nahi pata ye kyun hua ? kaiseh hua ? per sab ko ek din kishi na kishi saksh ki zarrorat hoti hai ,akhir kab tak sahe ga ,agar kishi ki mohabatt bhi zyada ho toh mein vo bhi jehar hee bann jati hai .

waiseh vo delhi ki rehne vali thi per mujhe kya pata tha ki uske pass kishi seh mohabatt karne ke liye ek saccha dil hee nahi hai ,aur mein chennai ka ,bachpan seh sab ne padhaiye per focus karne ke liye itna bola tha ki agar kahi jaata bhi toh apni kitabe sath hee lekar jaata ,yeha tak kishi jashn mein bhi yeh cahe vo kishi tarah ka club hee kyun na ho , duniya ki najro mein ek tarah ka yeh pagalpaan tha per meri najron ye meri ek aadat thi jishe mein kabhi bhul anhi sakta ,per mujhe kya pata tha ki yehi aadat meri barbadi ki wajah bhi bann jayegi .

**"MAHROOM
KAR DIYA HAI
TUMHARE HAR
EK VAADE NE
ISSE
ZYADA
TUMSE KYA MANGU
APNI
MOHABATT KI BAAHON**

MEIN.”

www.ingramcontent.com/pod-product-compliance
Lightning Source LLC
Chambersburg PA
CBHW020853160726
47993CB00004B/1638